LA GENTE DE MI VECINDARIO

EL VETERINARIO

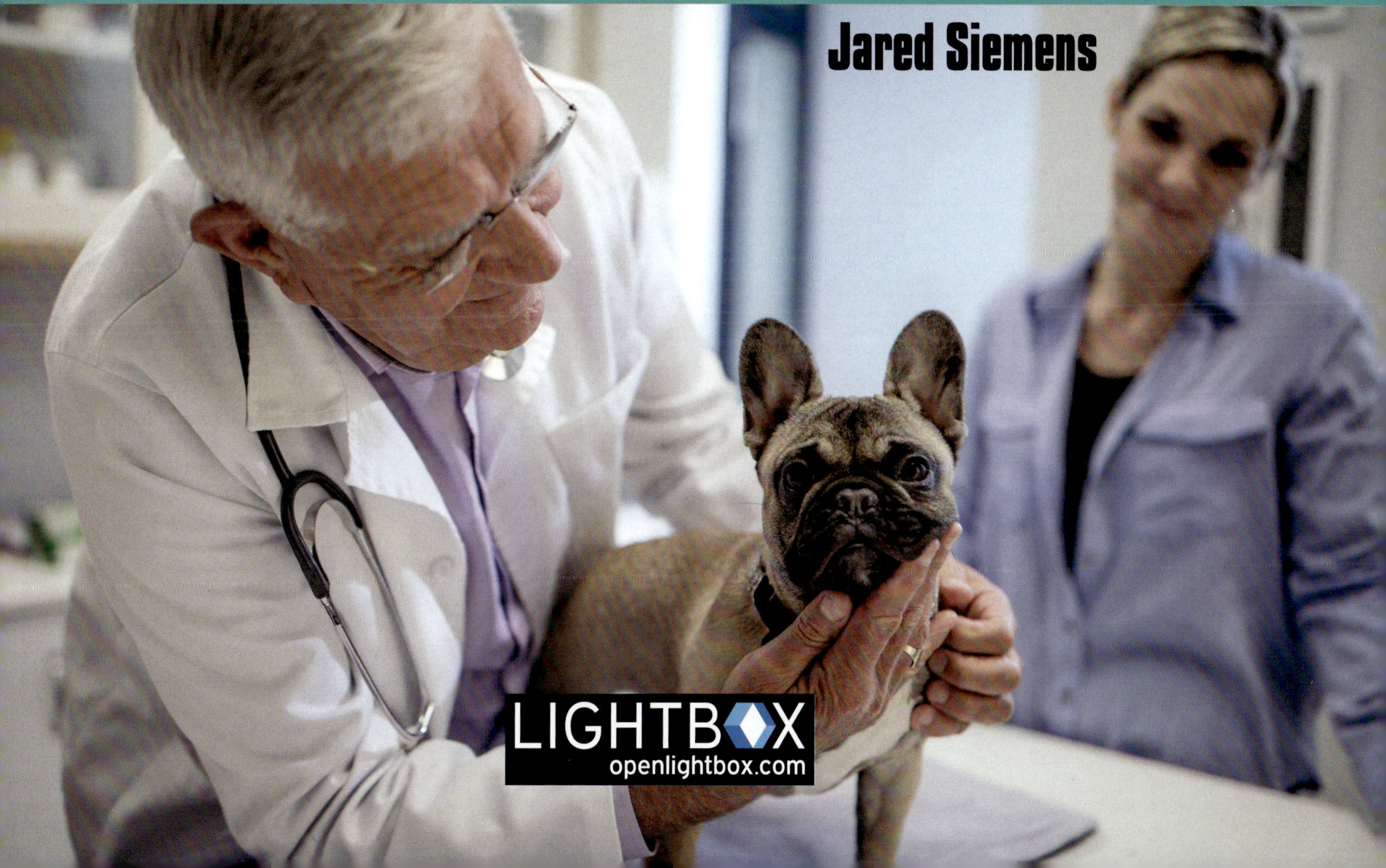

Jared Siemens

LIGHTBOX
openlightbox.com

LIGHTBOX

Entre a **www.openlightbox.com** e ingrese el código único de este libro.

CÓDIGO DE ACCESO

LBP34352

Lightbox es una completa solución digital para enseñar y aprender temas curriculares de una manera original e innovadora. Lightbox se basa en las Normas Curriculares Nacionales.

OPTIMIZADO PARA

- ✓ TABLETAS
- ✓ PIZARRAS ELECTRÓNICAS
- ✓ COMPUTADORAS
- ✓ ¡Y MUCHO MÁS!

CARACTERÍSTICAS ESTÁNDAR DE LIGHTBOX

AUDIO Narraciones de alta calidad con sistema de texto a voz

VIDEOS Videoclips de alta definición incorporados

ACTIVIDADES PDFs imprimibles que pueden enviarse por correo electrónico y calificarse

ENLACES WEB Enlaces cuidadosamente seleccionados con recursos seguros para niños

PRESENTACIÓN EN DIAPOSITIVAS Ilustraciones gráficas de los conceptos clave

MAPAS INTERACTIVOS Mapas interactivos e imágenes satelitales aéreas

CUESTIONARIOS Diez preguntas de elección multiple con puntaje automático que se envían por correo electrónico al docente para su evaluación

PALABRAS CLAVE Combinación de los conceptos clave con sus definiciones

VIDEOS

ENLACES WEB

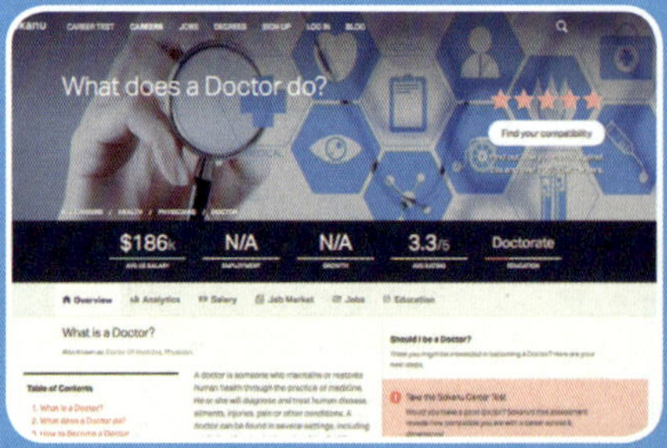

PRESENTACIÓN EN DIAPOSITIVAS

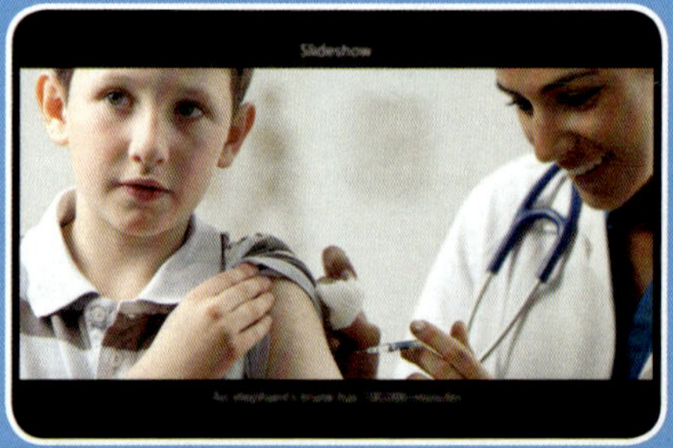

CUESTIONARIOS

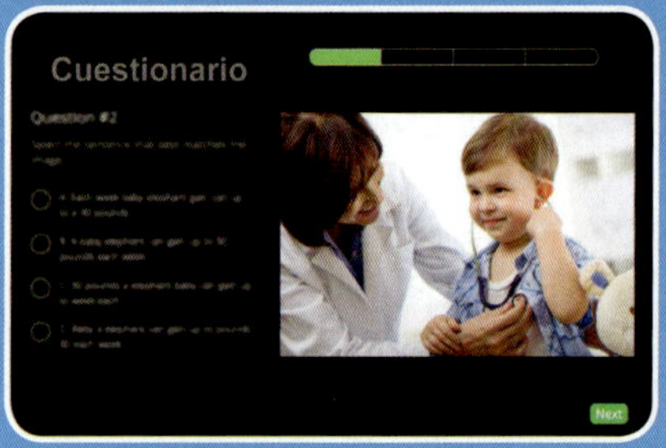

LA GENTE DE MI VECINDARIO

EL VETERINARIO

CONTENIDOS

En mi vecindario, hay muchas personas diferentes.

Una de esas personas
es el veterinario.

El veterinario trabaja en un hospital veterinario.

El **Hospital de Perros y Gatos Patterson**, en Michigan, es uno de los hospitales veterinarios **más viejos** de los **Estados Unidos**.

Un hospital veterinario es un lugar donde van los animales enfermos a curarse.

Una veterinaria es una doctora de animales.

En los **Estados Unidos**, hay más de **70 millones** de **perros mascotas**.

Trata de averiguar por qué mi mascota se siente mal y la ayuda a curarse.

Llevo a mi mascota al veterinario para que la controle.

La veterinaria le mira los oídos, los ojos, la boca y la nariz.

La veterinaria observa unas imágenes tomadas por una cámara especial.

Estas imágenes la ayudan a ver lo que está mal.

La veterinaria coloca una escayola en la pata de mi mascota si se la rompe.

Cuatro de cada **cinco** veterinarios son mujeres.

La escayola mantiene el hueso derecho hasta que vuelva a unirse.

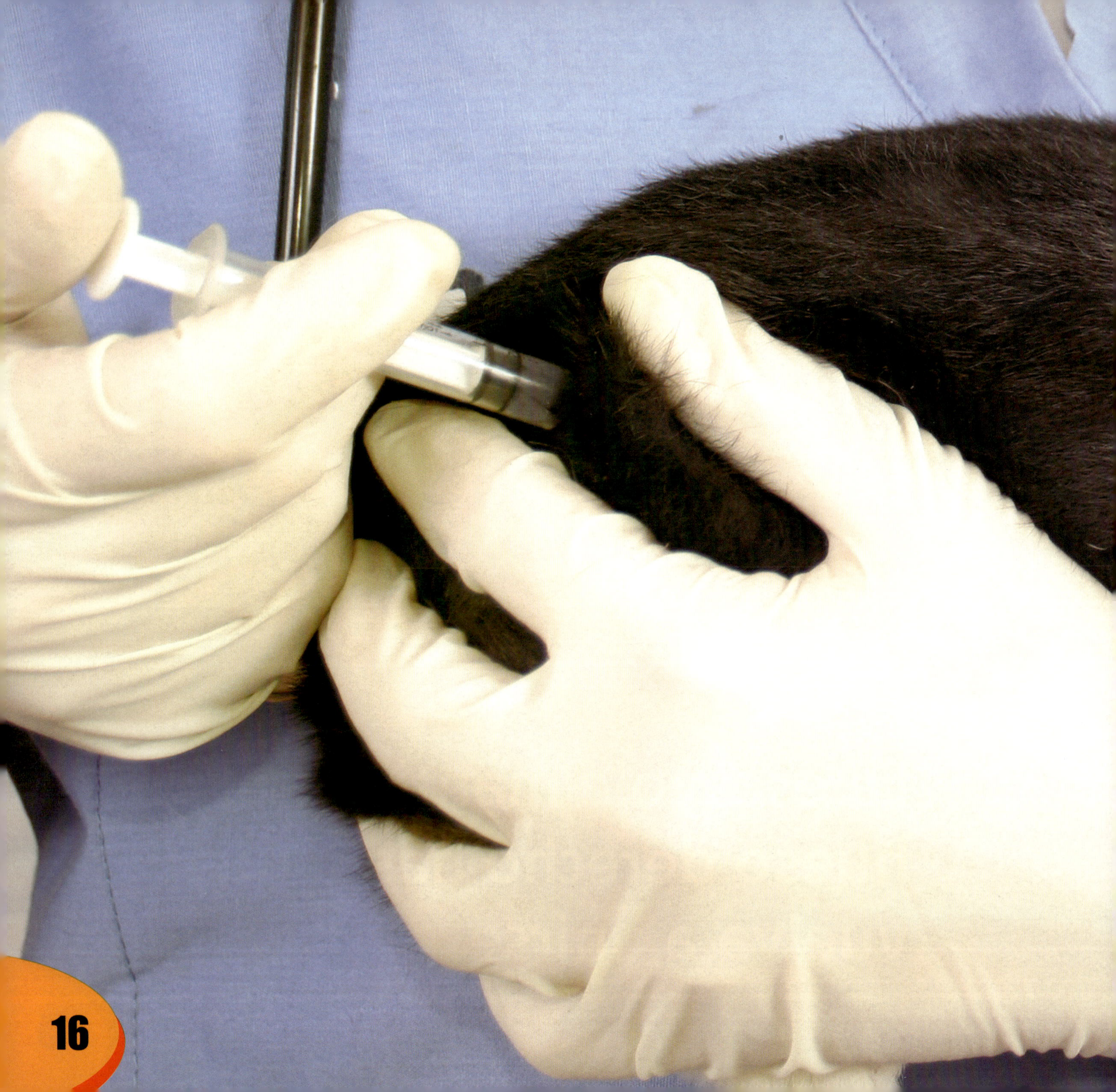

El veterinario sabe qué
medicina necesita mi
mascota para curarse.

Los veterinarios ayudan a todo tipo de animales.

Los veterinarios son personas muy importantes en mi vecindario.

Hay cerca de **90.000 veterinarios** en los **Estados Unidos**.

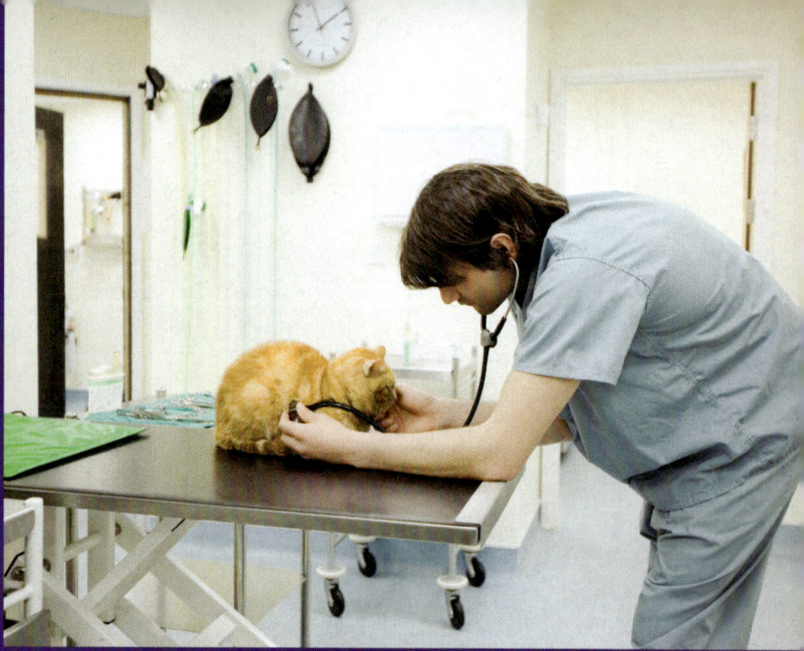

Veamos lo que has aprendido sobre el veterinario.

Describe lo que ves
en cada imagen.

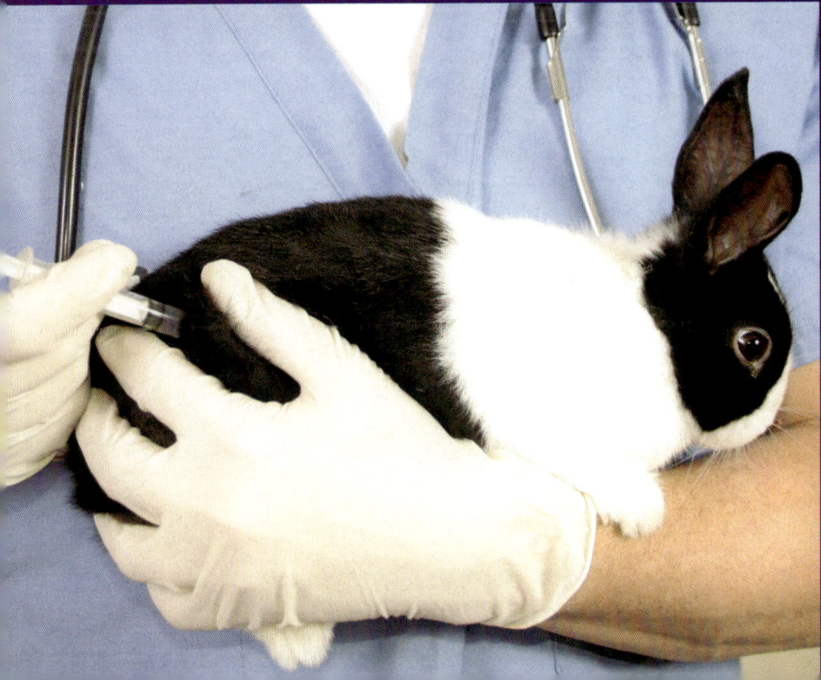

Published by Smartbook Media Inc.
350 5th Avenue, 59th Floor New York, NY 10118
Website: www.openlightbox.com

Library of Congress Control Number: 2017961973

ISBN 978-1-5105-3418-6 (hardcover)
ISBN 978-1-5105-3419-3 (multi-user eBook)

Printed in the United States of America in Brainerd, Minnesota
1 2 3 4 5 6 7 8 9 0 22 21 20 19 18

012018
011518

Spanish Project coordinator: Sara Cucini
Spanish Editor: Translation Services USA
English Project coordinator: Jared Siemens
Designer: Nick Newton

Every reasonable effort has been made to trace ownership and to obtain permission to reprint copyright material. The publisher would be pleased to have any errors or omissions brought to its attention so that they may be corrected in subsequent printings.

The publisher acknowledges Alamy, Getty Images, iStock, and Shutterstock as its primary image suppliers for this title.